曾毓琳 著

大地之上

中国书籍出版社
China Book Press

图书在版编目(CIP)数据

　　大地之上 / 曾毓琳著. -- 北京：中国书籍出版社，
2022.11

　　ISBN 978-7-5068-9269-8

　　Ⅰ.①大… Ⅱ.①曾… Ⅲ.①诗集-中国-当代
Ⅳ.①I227

中国版本图书馆 CIP 数据核字(2022)第 209554 号

大地之上

曾毓琳　著

图书策划	成晓春　许甜甜
责任编辑	张　娟　成晓春
装帧设计	书香力扬
责任印制	孙马飞　马　芝
出版发行	中国书籍出版社
地　　址	北京市丰台区三路居路 97 号(邮编:100073)
电　　话	(010)52257143(总编室)　(010)52257140(发行部)
电子邮箱	eo@chinabp.com.cn
经　　销	全国新华书店
印　　刷	成都兴怡包装装潢有限公司
开　　本	880 毫米×1230 毫米　1/32
字　　数	116 千字
印　　张	6.75
版　　次	2022 年 11 月第 1 版
印　　次	2023 年 3 月第 1 次印刷
书　　号	ISBN 978-7-5068-9269-8
定　　价	48.00 元

在孤寂中探寻模糊的岁月（自序）

　　我曾七次赴新疆。新疆的大漠戈壁、雪山草原、河流森林、雅丹地貌、民族风情，丰富多彩的自然和人文景观，让我如醉如痴。其中，让我心灵极为震撼的，是交河故城。

　　交河故城是吐鲁番市的"祖先"，是世界上少有的规模宏大、历史悠久、保存完好的生土建筑城市，也是中国现存2000多年的较为完整的都市遗址。当地的维吾尔族人叫它"崖儿城"。它位于吐鲁番市西郊10公里雅尔乃孜沟两条河交汇处30米的黄土高台上，是古代西域三十六城郭诸城中车师前国都城。它在公元前2世纪由车师人建造，在南北朝至唐朝达到鼎盛。最终却因连年战火而凋零被弃，招致漫天风沙侵欺，成为千古绝唱。

　　从曾经的辉煌壮丽到现在的累累废墟，使它充满了沧桑感。有人说，交河故城绝对是一座同雅典废墟一样伟大的遗址。这是一座用泥土修建的城市，它矗立在如此漫长的历史长河中，似乎仅仅是要给后人来理解它本身的超凡品质。它是历史的挽歌，也是泥土的颂歌。

当我历经艰辛，终于置身于交河故城时，却发现四周安静得有些可怕。面对它的残垣断壁、荒芜寂寥，面对它的寸草不生、飞鸟无踪，不禁悲从中来，几乎想哭。岁月苍茫，繁华落尽，世事更迭，人生亦然。

深夜，当看完《吐鲁番盛典》演出，回到吐鲁番市吐哈石油大厦后，回想起在交河故城所见，一种强烈的感情就开始不断撞击着我的心灵，使我久久不能平静！就这样，《交河故城》在一瞬间挥笔疾速写下。它在报刊上发表后，被收入进我的诗集《苍穹之下》，引起了不少读者的共鸣。

《苍穹之下》出版后，得益于众多师长、全国各地的诗友和读者的鼓励，我的创作激情喷涌而出。当然，写得最多的题材，仍然是新疆，以及中国各地的壮丽山川。能够行吟于祖国大地，这是何等的幸福？

《大地之上》是在《苍穹之下》出版后又汇聚的一本诗集，收录了一年时间里我新创作的部分作品，共 117 首。诗歌创作是清寂痛苦而又欢乐美好的事情。我不愿拘泥于形式，只会听从内心的声音，在收敛与奔放之间，寻求一种畅意的表达。我希望在作品中能够阐明自身的人文立场，获得生命的终极质感，让读者能从诗中感受到生命个体的脆弱和坚韧、易朽和不屈、死亡和新生，从而努力发现并珍惜当下生活的美好。我们太需要给予人们更多前行力量的诗歌。

我至今仍记得离开交河故城时，夕晖铺满了此起彼伏、错落有致的黄土高台的情景。我久久凝望着那片巨大的、衰败了的震撼心灵的城郭，久久不语。我相信，就在这孤寂得似乎有些令人窒息的地貌之下，一定会有另一种力量与生命，正在突破有形或无形的约束，倔强拱起。或许，就像我曾经写下过的诗句：

微风吹来，胡杨林沙沙作响

我期待的美好就要被夜晚加冕

曾毓琳

2022 年 8 月 23 日

目录

CONTENTS

第一辑

天涯诗旅

Chapter
01
［大 地 之 上
DADI
ZHI
SHANG

呼伦贝尔徒步

云系不动声色
雪意愈发浓厚
寒冷正在对我实施包抄

呼伦贝尔草原
在它难以形容的辽阔上
我只占据了最小的位置

只有风敢在这里呼啸
只有最不起眼的草籽
敢随风去往未知的他乡

我看到了呼伦贝尔的一些秘密
它们让我激动，让我步履坚定
让我努力走成一棵樟子松

冬日的乌兰察布

冬日的乌兰察布
每一分钟
都拂动着金黄

白云在天空高悬
勒勒车消失在羊群深处
结冰的河面
铺满了鸟儿们的心事

喝了这杯奶茶就不再想上路
乌兰察布　乌兰察布
你松软的干草埋葬了我深厚的怀想

连那一丛丛枯死的野花
也美得如此惊心动魄

我为什么还要背上行囊

去追逐落日的苍茫

我爱这冬日的草原

我愿做乌兰察布的牧民

陈巴尔虎旗草原

寒风吹过
陈巴尔虎旗草原一夜变黄
旷野无声
仿佛忘记了昨日的游子

云层变厚
大雪正在赶来的路上
我竟然急切盼望
让雪装饰起我的余生

天高地阔
陈巴尔虎旗有足够的理由把我遗忘
散落的羊四处游荡
我不是它们熟悉的羊倌

感谢荒草

默默拥抱我疲惫的生命

它昔日的碧绿多像我曾经的青春

在时间的背面我们都是一朵流云

布尔哈通河

冬日的布尔哈通河
以冰冻的姿势熟睡了

它梦见了哈尔巴岭东麓的沼泽地
梦见了源头上奔跑着的梅花鹿

它梦见了明月镇、老头沟镇
梦见了延吉的金达莱和图们江的风

我在清晨身披霞晖来到河边
布尔哈通河熟睡的样子动人心魄

一切似乎都静止了
冰雪忘了火焰，时间忘了尘世

我感觉到了布尔哈通河的灵性

两岸的柳树正替它唤醒延边的春天

张掖七彩丹霞

数以千计的悬崖山峦

以鲜艳的丹红和红褐色

诉说前侏罗纪至第三纪的故事

这里的阳光比岩石更粗粝

暴烈的热风与访客的激情较劲

七彩斑斓是如此得触目惊心

假如再过亿万斯年

你是否依然粗犷雄奇

是否还是瑰丽险绝

而我注定已是一抔泥土

感谢你无声的燃烧

把我生前对命运的抗争化成一片丹霞

昭化汉城博物馆

龙门书院里的汉城博物馆清静怡人
徜徉其中我却听见了阵阵掌声
这掌声源自汉代、三国之手
从昭化镇相府街 78 号传出
我笃信将来它会更加响亮

凤凰汉阙、大汉车马、汉陶七星灯
还有六畜田园，你们长得真好看
甚至东汉崖墓也体现出了颜值担当
每一块古玉，每一件青铜器
都绽放出蜀汉文明的光芒

走进明伦馆，步入尚武厅
所有的展品都呈现生动的气韵
我看见乐俑们的眼睛闪烁着笑意

仿佛大汉时代的一朵朵祥云

追寻世界的滚滚红尘

如果可能，我愿与陶俑们站在一起

脚踩汉砖，手持利剑

为高古瓷的烧制者守护黎明

请陶俑接受我的指认，你是我们的我们

我要为我们恍惚出一种穿越之美

是的，我不相信美好时代的象征

会随风飘逝，就像嘉陵江

在昭化古城的迥然，太极天成

我还要为我们恍惚出一种思念之美

你在那头，我在这头，彼此遥望灿烂星河

金牛古道

山重水复，沟壑纵横
岭横越垭，险绝而栈
在重重阻隔中逶迤突围的金牛古道
你就是一首天下绝美的歌

你印证了时间是一条亘古的河流
那苍翠的古柏挂满了你眸子里的冰霜
自上古、商周之后漫长的岁月里
你以非凡的力量输送并接纳文明

多少人常常呼号要主宰世界
而世上哪有什么真正的主人
从成都到广汉，从绵阳德阳到广元
巴山夜雨，浇灭了多少虚幻的豪迈

而你始终于昼夜晨昏中缄默如山
你的呼吸比星月迷失的黑夜更深沉
你从不在意王朝的兴衰与更迭
蜀地千百年荣光因你而葳蕤，生生不息

天雄关

雄居牛头山腰

扼秦蜀古道要冲

关口的风

把隐匿恒久的小我

吹得七零八落

挺拔苍翠的古柏沉默不语

它质朴的身体

与关隘及碑碣互成背景

我行走在驿道上

像驿卒般眺望号火信烟

葭萌的天空

因为天雄关而高贵壮阔起来

葭萌关

葭萌关外我看见两棵树

它们静默守望

想着各自的心事

葭萌关内我听见两声吼

一声荡气回肠如洪钟大吕

一声发音急促似骤然落下的雨点

我从秦蜀古道走到这个要冲

川北锁钥让我思绪飞卷

飞卷起了临清门城楼上空的云朵

今晚张飞是否还挑灯夜战马超

严颜该用何计退却曹军

姜维又能否摆脱牛头山的困境

三国重镇在这里演绎出繁盛的故事

嘉陵江、白龙江、硬头河流逝过多少历史风云

葭萌关，我该怎样安慰你孤寂起舞的灵魂

翠云廊

因为没有太多诉求

柏树在这里一长就是两千年

绵延八十里的古蜀道

用苍翠的绿色

覆住了厚重的历史风云

柏树们不在花事拥挤的时令

与群芳争艳

它们看多了刀光剑影

更喜欢聆听马帮的吆喝

不愿被纷争的世事劫持

我觉得可以把翠云廊的古柏

认定为我失散已久的亲人

我应该每年正月初一给它拜年

祈愿它直刺青天的树冠永远向上
撑破这世界上冰冷的冬天

苍溪县红军渡

嘉陵江流到塔子山下
江水就汹涌成了坎坷
红四军从渡口强行突破
西进北上，势如破竹
此后的渡口便自带光芒

渡口记住了那一次战役的无比惨烈
记住了烈士们殷红的鲜血
是如何一瞬间染红了奔腾咆哮的江水
记住了女战士石磨玉生前奋力的最后一划
记住了制作标语的王文焕怎样令敌人心惊胆战

红四军强渡嘉陵江后
苍溪的山水就失重了
直到开国大典的礼炮响起才复归平衡

这座渡口成为苍溪儿女热泪盈眶的荣耀

塔子山下的苍溪梨从此香飘神州万里

在红四方面军长征出发地纪念碑前

苍溪县嘉陵江水缓缓流淌

纪念碑前，我的脚步格外沉重

身体倏忽间变得轻了

重量似乎不及一枚松针

红四方面军迈着坚实的步伐出发

因为要走很远，所以叫作长征

他们把苍溪嘉陵江渡口踩得脆响

必胜的信念引燃了满山的红杜鹃

这些当年英气逼人的将士们

永远不会回到苍溪了

我只能弯曲身子向纪念碑鞠躬

将手搭在碑上如同拥抱不朽的英灵

三会村

穷困的记忆没有忘却
潦倒的景象不复存在
漂亮的别墅，纵横交错的道路
太阳能路灯始终把光明高举

梨园里飘荡着果子们的情话
它们圆圆的身体掩饰不了成熟的秘密
小溪也换了一种抒情方式
欢快地流淌着新农村的快意

苍溪县五龙镇三会村
地图上沙尘般的小圆点
这里的每一只梨每一只猕猴桃
都朗读着村民们写下的时代的金句

夜宿广元

有风但不寒冷

街边陌生人的跫音

拍击着入眠人的梦境

嘉陵江穿城而过

蜿蜒起绵长的思绪

明明灭灭的灯火

为凝眸者腾出视线

记忆如绸缎般柔软

在心中缠绕又抖开

夜色渐深，带香疏影袭来

光阴短暂似袅袅轻烟

广元，我有什么理由不多看你一眼

临窗的桌上是一杯红茶

温暖的汤色泡涨了月光

嘉陵江

端午节前的嘉陵江
发散出了太多我喜欢的青绿之光

从蜀道下来，我默视着它
起伏跌宕的往事依然清晰可见

江水悠悠，那些被濯洗的岁月
俱被江岸的卵石和芦苇置换

现在，我是欣然的
比粽香更浓的情谊已漫上堤坝

这多像二十年前我们的相遇
干净而真挚，宛如嘉陵江上流淌的时光

黑熊沟

这是在七月的川东北大巴山脉
光雾山间的黑熊沟静静流淌

你不会轻易看到黑熊沟的表情
你甚至捕捉不到她瞬间的爱恋

奔跑跃动在山岩上的黄羊
眸子里印满了黑熊沟的悲欢

在林中乱石间流淌的水啊
也许怀揣太多难以删除的事件

从悬崖上滚落的巨石
被水流拍击出震撼山谷的绝响

我在寂静的黑熊沟里走了许久
她清凉干净的气味让我不知所措

光雾山海量般的负离子对我洗心洗肺
黑熊沟魔幻般地淘走了我的焦虑

我知道只要到了秋天
一眼望不到边的红叶会把光雾山点燃

可是，这黑熊沟清澈纯净的水
现在就让我枯萎的思想返青

赶场河

你从铁船山南麓木竹垭走来
经沙坝、西清、赶场、石滩、高桥
缓缓注入南江

水流不急，水面不宽，河水不深
我甚至有些疑惑
难道这也是一条河

壁立的山峰朝我一指
看那碎屑岩红层的裂隙
看那地下含水层被切割后的溢泉

原来从源头到与南江交汇处
你一直在用生命去挣脱岩石群的束缚
用洪荒之力去完成每一处的奔流和拐弯

多像坚韧而又隐忍的巴中汉子

难怪在莽莽苍苍的光雾山下

你有另外一个名字叫明月江

夜黔南

这是宁静的黔南布依族苗族自治州

晚风不知道我是一个外省旅人

兀自吹着夜色朝深处走

红水河一样朝深处走

带着斗篷山的呼吸

带着岩溶峰丛和地下暗河的声响

夜色是如此的清凉

我把三三两两的寨子里的灯火

看成是黔南州美丽的眼睛

今夜我这个疲惫的外省旅人

吹着黔南州正吹着的风

祈愿所有的心事都沉淀成干净和明亮

剑江灯火

夜幕下的都匀剑江宁静得宛如一壶浓茶
让人通透，让人沉迷于其中的况味
我从百子桥走到文峰塔下
顿悟出宁静并不是它内心的表达

苗族布依族侗族毛南族的兄弟姐妹
在剑江边自由而诗意地行走
有的脚步匆匆，有的如迟归的雨燕
我的双眸被这绸缎般的意境笼罩

绕家大歌一定是天籁之音
那穿透云层的歌声抖落了一地星光
绕家人这个待识别的民族令人遐思
探访他们的家园必须走进隐秘的曲径

都匀夜色意蕴丰富得让我猝不及防
剑江两岸的灯火弥漫幸福的气氛
时光在石板古街和风雨桥上沉淀下来
似写不完的作业每题都有多个解题方式

福泉古城

掩饰不了的繁华
小西门水城默默作证

尘封不了的厚重
平越府城墙默默作证

阻挡不了的畅达
苗疆腹地的驿站默默作证

遮盖不了的智慧
太极园张三丰道场默默作证

否认不了的沉寂
洒金谷里的葛镜桥默默作证

可以被忽略，假如你不想认识

可以被遗忘，假如你并不眷恋

但福泉古城从未沮丧自弃

高耸的万古楼和市中心的广场舞一直作证

黔南民职院写意

在黔南民族职业技术学院
我撞见了一片动人心魄的明丽
阳光如此温暖铺满了每条校道
就连落叶也在地上温存的絮语

学子们脚步轻盈地走过湖畔
每一张脸庞都透着芳菲
他们在书声笑声歌声中走向未来
青春的力量驱动了眸子的方向

蟒山苍苍，剑江荡漾
绿色的风不停刷新着校园的诗意
在这里，所有的美好都不请自来
丰沛的理想蓄养出繁盛的花朵和果实

秦汉影视城

坐在未央宫、长乐宫、瑶池中
坐在宣室殿、衡山王府、公主府里
走过长安街、朱雀大街、府邸大街
多少行游者与我一起梦回长安

细碎的尘埃飘落在祭坛
皇家马厩和县衙残存着两千年前的孤独
下午四点钟的阳光何其暧昧
秦始皇与汉武帝都已疲惫于征伐

并不燥热的风沿着中轴线乱吹
时间自从有了就一直变旧，世人懂得不多
秦汉两字让人们经受记忆的沉重
城垛上的旗幡如一则追寻故人的启事

一部部影视作品在这里演绎历史风云

或是气贯长虹，或是泪湿樱花

巍峨的城墙是岁月的躯体

我来过，我离去，我出没于深邃的时间里

葛镜桥

麻哈江上游马丫河两岸绝壁千尺
汹涌的河水阻断过多少行人的梦

宦游归里的郡人葛镜
倾家荡产造桥后形容枯槁

大石横空，悬构于怒涛之上
百尺长虹般的葛镜桥令深渊迅流叹息

崆峒之石悉被展为平陆
飘然垂下的古藤成为岁月的背影

我从纷繁的江浙来到黔南福泉
这宇宙深处的奇伟石桥颠覆了我的想象

我曾走过多少驿道多少桥梁

有限的足迹被无限的天空吞噬

我采摘了数千里路途只为倾斜这座古桥

我不要折柳相迎我自认为是归客

青岩古镇

这里的每一条街
都可以叫作石

它是躺下的山峰
石板是它坚硬的肌肤

老街的原住民
秉承了大山的个性

坚韧、隐忍而又睿智
多像山岚中穿行的云雀

我梦见一块块青石板
在熠熠星光下立起来

立起来的青石板

是黔筑大地的丰碑

湘江边的香樟树

假如绽开就代表了春天
那么在秘而不宣的指令下
默默收拢起表达的欲望
那些曾经的故事就未发生

假如泛黄的叶子随风飘落
大地无声地接纳了它过往的悲欢
那么告别伸向天空的枝条
就是它获得尊严的一种方式

此刻，我在长沙市的湘江边
水流平缓，冷风扑面
我倚身靠着的香樟树
用墨绿的眼睛望着尘世的烟火

浏阳大围山

我不知道这座山的海拔高度

却发现了云朵的上面十分光鲜

原来所谓乌云只不过是仰望者的视角

如同世事的真相总显得扑朔迷离

深深浅浅的绿都集合于此

凹凹凸凸的石都坚硬如钢

杜鹃花用灿烂的火红演绎旷世绝恋

她那满山遍野的呼唤让天地动容

江山不容讨论，有红杜鹃便是例外

宁静中的攀登，为的是梦想中的征服

从大围山下来，我原谅了一切

想到她山野中的燃烧，我又热爱起了人间

婺源之春

窘困的生活已定格在往昔的记忆

一万亿朵油菜花高举起夺目的金黄

在山岭间谈笑风生

十万亿朵嫩黄的蓓蕾

正集蓄起更大的力量

要在枝头上对大地山川倾诉

道古今，说未来

婺源的春天在巨大的花海中抵达

我惊诧婺源连绵不绝的春色

这深植于泥土中的梦想

被和煦的风和盘托出

热烈得没有节制

芬芳得毫无保留

让所有目击者的眸子都灵动了起来

心也似潺潺的溪流

淌出湿润的诗意

跳动的火焰

后天的拂晓红军就要长征
今夜的秋风怎能不凌乱

被凌乱的秋风推搡着
整理行装的人手脚怎能不凌乱

为母亲的眼角拭去泪花
拔一根母亲的白发藏进贴胸的口袋

抱紧油灯下纳鞋底的妻子
她眸子里的表情十万字写不尽

忍不住亲了又亲熟睡的伢儿
他梦境中的嬉笑令人肝肠寸断

于都县贡水边的大樟树兀自伫立
树影下的月光变成跳动的火焰

这火焰燃起苏区汉子的血性
凌乱秋风裹挟不住壮士的出征

赣江源

只凭一个眼神

章江与贡江就挣脱群山的重重阻隔

在赣州的古城墙下紧紧拥抱

合体为波澜壮阔的赣江

三十年前我伫立于赣江源头

阳光从巨伞般的大榕树漏下

江水波涛起伏

大榕树散发神秘的气息

而今我生活在歌山画水之地

静静流淌的东阳江是赣江源为我延伸的线

我不知道我是否能如它们般诗意流淌

这或许有关命运，我对命运缺乏研究

在上饶集中营怀念叶挺

你一直积蓄的力量

早已打开了共和国最美的曙光

你眉宇间逼人的英气

催生了华夏大地如火的杜鹃

你的双臂是巍峨的长城和奔腾的长江

你撼人心魄的气节

令所有苟活者的灵魂灰飞烟灭

你长眠的地方

布满了红土地的血管

流淌着我们的热血

阡陌纵横，每一条道路

都系着你心中的诗与远方

伟岸而不朽的将军啊

我们擎着你铸造的信念的灯盏

矢志不渝，再也不惧任何黑暗

聚力创造，成就东方巨龙更美的时光

紫荆花点燃的爱意

几阵暖风吹过

柳州的紫荆就集体欢呼起来

晨华路、弯塘路、文惠路、柳邕路

人民广场、东晋大道、环江滨水大道

愉悦的时刻浸泡在粉红的海洋

所有的赏花者拆除了心灵的栅栏

只把脸贴在一朵朵无邪绽开的花瓣上

就拥有了南国明媚的春天

交警们依旧忙碌地维持秩序

他们放行或阻止的手语

仿佛搁置或拾起碎片化的时光

这又有什么关系

一到春天，柳州的紫荆膝盖都变得柔软

全城市民眸子里闪烁着的热烈爱意

灿烂了莲花山的朝晖

缤纷了清澈的百里柳江

第二辑

浙地山水

大地之上
DADI
ZHI
SHANG

南雁荡，北雁荡

南雁荡山，目光朝向大海
北雁荡山，心有阵阵涛声

它们各自耸立静默相望
雨后的彩虹把它们心手相连

有的人只看见一座山峰
有的人眼中从未有过山峰

纷繁的世界啊
不要给谁提示

在两座雁荡山峰中苦旅过后的我
不再细数白发，只庆幸于活在人间

松阳大木山茶园即景

湿润的风中没有阴影

一片片叶子深陷于翠绿的呼吸里

最柔嫩的枝芽尽情触摸阳光

每一次都获得了惊喜

这万亩茶园是一幅巨大的画卷

徐徐展开了生长的力量

它们似乎从不隐匿自己的秘密

它们始终保持欣欣向荣的模样

茶树们列队共同抵抗骤雨

茶树们摇曳欢跳四季圆舞曲

隐忍，互爱，仁义，和谐

天地之间的秩序在这里完美呈现

佛堂古镇

老街转角处是大宅院般的新华剧院
它在时光深处矗立了半个多世纪
它与盐埠头、商会街、鳊鱼口
与一爿又一爿的小店铺
与万善浮桥和挽澜亭一起
安放妥这一天的隐喻

雨丝风片中，春色一层层加深
老樟树朝天空伸展开的枝叶
集聚了太多过往的岁月
黄酒、酥饼、三分饼、红糖麻花
老市基、新市基的茶馆
将孤悬的记忆一一叩访

总想在鹅卵石、青石板的弄堂檐下
重现你的旧影、明眸、你抚琴弹唱的婆娑

那封隐秘的书笺是否还在浮桥头的石缝里

飞鸟啼血，春水漫过河堤

假如不能在这柳枝轻扬的三月与你邂逅

我会默默地挑起澄净的青灯

嵩　溪

我来时，烈日高照
嵩溪水在明溪和暗溪交汇处迎接我
仿佛它们一直等着我
共赴一场清凉的约会

我从逶迤几里的大岭古道
看见了嵩溪水的心事
溪上的桥亭有方门和圆门
丰富的寓意随嵩溪水流向远方

而稻子即将收割，荷花开得正欢
村民们背上的汗水折射了太阳的光辉
敬畏天地神明的嵩溪人是幸福的
他们把自己也敬畏成了透明的溪水

灵岩古庄园

青砖墙长着青苔

大樟树的浓荫

遮蔽了有待破译的一些密码

鹿衔仙草、麟凤献瑞、狮子嬉球

诒榖堂尽现祥和的意象

笔墨纸砚池的景观

与树荫漏下的斑驳阳光一起

构成了数百年的井字形传说

大红灯笼仍高悬于回廊

雕花的窗棂透出岁月的秘密

恍惚中我看见朱可宾先生

着一身长衫穿过厅堂

他独特的气息在庄园由内而外逸出

从乾隆五年到公元 2022

历史竟认出了元宇宙时代的今天

一碗清香的木莲豆腐
让我触摸到了灵岩的柔软
古庄园释放的能量场
让我顿悟出生命的重与轻

大畈乡上河村

我来时，大畈乡黄堂演山不语

壶源江沿着山势

在上河村前不动声色地拐了个弯

清澈的溪水波光粼粼

多彩的鱼鳞坝泱泱光流

垂柳的清影叠映在依偎者的双眸

风撑开了田田莲叶

如织的游人用喧声驱逐寂寥

满满的停车场诉说着古老村庄的美丽蝶变

谁从这里离去，谁在这里归来

青瓦白墙看着含而不露的村道

石拱桥深谙时光的流韵

如果我躬身以待，也只是一片溪水

只能拈起一朵小鱼腾出的浪花

它不在我的形体之内，却在我的怀念之中

遥望车慈岭

夜深了，我望着车慈岭的方向

那黝黑的山梁起伏着我远行的愿望

古道上的十里红枫

在风中摇曳历史的背影

我想象着陆游以及陆游们

艰难行进在车慈岭的样子

我不熟谙风雨雷电

但我相信这里的草木都富有诗性

我不能把光阴握于手心

更不可能享受堕落的日子

此刻我要向夜色中的车慈岭道声晚安

但愿拂晓后它会赐予我晶莹的露珠

卢宅的圆月

怎能不感动！这天地如此仁慈

竟容忍一个又一个朝代

私藏了这座时光之城

长长的望不到头的石板路

光滑得留不住孩子们嬉戏的童音

但窄窄的巷子里全是他们的声音

斑驳的白墙上充满了隐喻

盛世时有人来过，荒凉时有人来过

遗世孤立的东西并未被遗忘

我相信那些从卢宅出走的子民

如若归来仍是英俊的少年

仍怀揣着"不知有汉、无论魏晋"的永恒

被往昔岁月裹住身段的卢宅

屋檐紧挨着屋檐，门环与门环相连

人间烟火穿越了多少光阴

只有卢宅上空那轮硕大的圆月

被一个个心灵托付

夙愿与美梦在万籁俱寂中抵达

凤凰谷，光阴的躯体

没有谁比凤凰谷更善于写意
没有谁比凤凰谷更懂生活的诗意

这里的油菜花设法把暖风招来
暖风来了，花蕊里的蜜就不会寂寞
这里的梨花最了解赏花人的心事
她用直抵人心的雪白降解世事的沉疴
这里的桃花从不与梅兰菊郁金香争芳
她安静绽放的样子
多像我美丽而又倔强的母亲

任人采桑任人摘橘任人剪成串的葡萄
麦苗青绿的时候就吟唱起了风吹麦浪
红枫谷山顶上的瞭望台
牵起十万朵红霞十亿颗星辰

碧水中畅游着的螺蛳青鱼

迭代着谁的前世来世或今生

湿润的空气里飘荡着青草的气息

忽然间我就喜欢上了这里的每一寸土地

凤凰谷是光阴的躯体

你来了，就证明你融在光阴中

你未去，意味你还隐在光阴里

一切都是恩赐，衔着新泥的山雀含笑飞起

湖溪镇八里湾即景

这是天空只有一朵云的傍晚
时光疲惫地运行了一天
此刻突然加快脚步直扑夕阳

风缓缓吹过，轻抚绿色葱茏的秧苗
几只白鹭的翅膀掠过树梢
把刚采集到秧苗生长的信息告诉那朵云

而低垂的夜幕宛如巨大的渔网
正不动声色地罩住苍茫天地
我就是一条小鱼，被不可知的未来捕获

八面山寄意

横店八面山顶，云淡风轻
三万年前火山喷发的历史
在我足下呼啸而来

现在它不发声，树木葱茏
我看见在地底被挤压的泉水自下而上
那是它对现世的表达

曾经仗剑走天涯，激情澎湃
曾经翻山又越岭，空谷独吟
曾经豪饮无数杯，醉拥江山

今日立秋，而秋后的瓜果味道渐淡
就像秋虫小唱，单旋律的循环
无节制的高音昭示着漫漫的虚无

我将下撤山底，与热度渐低的风对话

我将目击晚霞，研究她绚烂之美的成因

我将不祈朝晖，照亮我这痴迷宁静的人

许多往事不容复制，但可被时间融化

凡间生命葳蕤，逐梦者子夜将归

再见时你在哪里？眸子里是否有璀璨星光

谁能告诉我

谁能告诉我春天的横店八面山下

有多少油菜花

游走于南上湖的南江边

看连绵成片望不到边的金色花海

看小蜜湖在一个个枝头上忘情采撷

谁能告诉我静静流淌的南江水

执意拥抱过多少个日夜晨昏

时间带给我们的是广袤无垠的星空

还是油菜花盛开后悄然结下的籽粒

我只是这花海中的一茎一叶

既有随风摇曳的欢乐

也有被冷雨侵欺时无助的孤独

一只只白鹭从远方飞来

一群群有趣的灵魂迢迢而至

我不知道这是不是我喜欢春天的理由

那些与湿润的风一起来的白鹭和人

一定在心里装满了爱

眸子里盈动着明亮的柔情

黄昏横店梦幻谷所见

年轻的母亲

给梳着羊角辫的女儿

剥开了一只茶叶蛋

年轻的媳妇

给满头银发的婆婆

剥开了一只茶叶蛋

年轻的妻子

给穿着汗衫的丈夫

剥开了一只茶叶蛋

梦幻谷悠扬的背景音乐下厂

即将隐去的晚霞

也把月亮剥开了

这个黄昏

这个美丽的女子

她眸子里的爱意

连同茶叶蛋和月亮

让横店梦幻谷甚至整个世界

一瞬间都生动了起来

横店·红军长征博览城

瑞金，中央政府大礼堂，红井

于都河东门渡口

第一、第二、第三、第四道封锁线

红军突破的一道道防线和关卡

足够我们用一生去闯去夺

我们穿着灰色的红军服

重走红军长征路

我们不是用脚简单复制长征

而是用有力的步伐去踩实道路

用必胜的信念去叩响成功之门

道州城，老山界，娄山关

大渡河，泸定桥，腊子口

红军扛着钢枪强冲命运的篱笆

湘江乌江雪山沼泽朝他们投去惊叹的目光

吴起镇的野杜鹃为他们绽放灿烂的笑容

我们以一颗初心

含泪测量红军精神的高度

我们从六盘山的峰峦上

看见了红军高高挺直的脊梁

这脊梁赋能我们孜孜于无穷的接力

第三辑

大美新疆

新疆抒怀

这里的天空具备了辽阔的所有属性
这里的土地执着地奉献累累收成

天山雪让这里的河流放射状奔向各方
绿洲使许多人顾盼和失眠

风吹着无限的悲欢
沙丘上交替起伏喧响与沉寂

我走过这里，被湛蓝的湖泊击中
我走过这里，被落日的余晖收拢

不知道我的跋涉是否浓绿了草原的绿
不知道我的沉思是否加深了胡杨的黄

棉桃遍地，每一朵都有歌要唱

沙枣摇曳，每一颗的故事都很饱满

在这里，白桦林将胸怀高擎向天空

我渺小如沙，依然有爱与尊严

在这里，雪莲从不遗忘无人值守的春天

在这里，所有的生命都有一颗沸腾的心

因为新疆

不必惊讶，在新疆

许多种子都长有翅膀

这里有亿万只风的集装箱，想飞就飞

我也在新疆飞过多次

我与许多种子或轻盈或迟缓

抱着苍穹沉入戈壁和峡谷

我也曾多次沉入天山雪融化成的河流

我看见那些繁盛的雪莲

与胡杨林一起自由的歌唱

在新疆，我追随过一些驼队

他们的每一次出发和归来

都是含泪把故乡携带或卸载

因为新疆，我学会了把物质交还大地

因为新疆，我学会了把彩霞献给蓝天

因为新疆，我学会了把爱留给了人间

让我像大漠一样豁达吧

任天空推动云朵，任白雪覆盖寂寥

不祈求任何纪念，只愿心有如水的月光

在新疆

黄昏在辽阔的戈壁缓缓地起伏
巨大的神秘不紧不慢地在戈壁扩展

落日徐徐泡入被流云裹住的沙丘
宇宙的纯金于苍茫间嘀嗒

亘古的静谧包抄而至
垂首啃草的羊群是苍穹下的点睛之笔

由远及近的风企图扯掉我的薄衫
扑翅而起的夜鸟不知飞向何方

刻骨铭心的记忆倏忽间爆闪
眼眶打转着泪珠，思念押韵着思念

大地之上

在新疆，我如何穿过这浩远的篇幅

如何翻越戈壁大漠雪山去拥抱你

沉寂的旷野啊

游牧着时间的忧伤

八月了

八月了，哈密瓜放肆地甜
葡萄一串串的情话
让火焰山羞得满脸通红

八月了，风从天山吹来
顺便把冬不拉和羊蹄声马蹄声
带往更远的地方

八月了，草色仍青
胡杨林根本没构思过如何过冬
塔里木河里的鱼使劲欢游

八月了，棉田人声鼎沸
沙尘暴落荒而逃
起落的温差歌颂夜色的庄重

八月了，美好随处起舞

忧伤怎么可能抵达这里

新疆的翡翠山河无声地证明

哈密的夜空

哈密，在夜晚中也能轻易打开

这里的沙漠与绿洲

从不耽误季节更替的报告

这里的瓜果

凝聚了太多人甜蜜的渴盼

这里的风，从远处吹来

裹满无数将士的征衣

这里的牛羊，表情充满亮色

如同巴里坤湖的涟漪

哈密，巨大的口袋装着无法丈量的秘密

在这里，夜空是如此的让人痴醉

那些几乎触手可及的星星

让我肋骨凸起的余生不再喧哗

伊犁河的黄昏

暮色欲合，天光渐淡
河水从远处蜿蜒而来

又一次来到这里
看她把美丽递给岸上的众生

不止于我，就连苹果树
都忍不住赞颂它的壮阔而又柔情

我热爱新疆所有的河流
伊犁河的黄昏让我眼角湿润

那一年第一次看到雪落伊犁
满世界的天空孤独得只有雪花的声音

时光如绸缎，今生恍如隔世

谁来告诉我，我是不是萧萧落木

伊宁的银杏

燕子被和煦的风

吹回到枝条上

细雨飘过广袤的天空

追思起远去的雪花

喧嚣的白日被伊犁河水洗涤

一格格窗棂后笑语隐隐

空气愈发的湿润

叶芽在静谧中跃动

这是星期四夜晚的银杏

又一轮生长的力量谁能遏制

从未幻想逝去的还能归来

但伊宁的银杏真的捧出了鲜活的心

赛里木湖草甸

我数次来到赛里木湖

数次在湖边的草甸寻找孤旅者的痕迹

铺地青兰、蓝白龙胆、紫萼路边青

还有美苓草、野油菜、勿忘我、顶冰花

它们自顾自地生长开花

就连蓝苞葱、软紫草、点地梅和银莲花

也都面朝碧湖放声朗诵

我知道它们比我更明白

在这个最适宜的季节努力生长的意义

每一次在赛里木湖草甸

我都会席地而坐

吸纳赛里木湖自由纯净的气息

放空沉重而疲惫的自己

与毛茛、贝母、燥原荠们一起歌唱

时间就是流水，就是风

会带走那些沉疴和忧郁

赛里木湖草甸终归是草甸

除了日月、星辰、朝雾、夕阳、雨水

它不愿再接纳其他元素

我离开后，大雪就将从多路包抄于此

我与赛里木湖草甸各自都欲言又止

那拉提之夜

凉爽的风把草原推得更远
那拉提愈发辽阔无边

格桑花托着淡淡的星光
七夕的那拉提比星空更加浩瀚

白色毡房的酒醇香迷人
让我一天的风尘遁形

夜色遮蔽了草木的起伏
如诉如泣的琴声弥合了梦境

我潦草的字迹刚劲而又灿烂
你的名字在草地上镀银抛光

纯净温暖的那拉提啊

今夜请不要笑话我濡湿的目光

石河子

世界再大

有了天山北麓中段

准噶尔盆地南部的石河子就够了

有了古尔班通古特大沙漠

南缘的石河子就够了

有了玛纳斯河、宁家河、巴音沟河

欢快流淌的石河子就够了

有了棉花、小麦、玉米、番茄、啤酒花

尽情生长的石河子就够了

有了军垦博物馆、艾青诗歌馆

和音乐广场的石河子就够了

有了精力充沛的日照就够了

有了十分写意的白雪就够了

有了自由飞翔的鹰和好听的雁鸣就够了

有了兵团八师战士们灿烂的笑脸就够了

如果，我说的是如果
我不是远方来的看客
我就是石河子的一粒砾石
天啊，我的幸福无可比拟

巴里坤湖面上的鹰

在巴里坤湖我看见一只鹰
从浩阔的湖面上掠过
落脚于湖边的湿地

它目不转睛地观察我
用超凡的智慧研判我的心事
用轻盈的翅膀拂去我的倦意

我无法像它自由飞翔
巴里坤湖烟波浩渺
我只是湖中一滴失重的水

我想请它带我跃出湖面
抱紧内心的明亮
一起去擦拭天空的蔚蓝

一株棉花

石河子的天空
不可思议的蓝

气温日甚一日地下降
雪花正在赶赴的路上

我看见有一株棉花依然热烈盛开着
她以一己之躯对抗冬天的力量

她大胆挑战季节的样子
多像我曾经有过的青春

罗布泊

罗布泊拥有太辽阔的辽阔

有无边的荒凉与羁傲

有太宏大的思想和叙述

有亘古的秘密比黑夜更深沉

时间在这里缓缓地移动

寂静是这里简单的词语

轻的风和重的风所拂过的沙石

它们的表情有谁能读懂

在罗布泊,我再不敢说历经磨难

但愿意构成它微小的一部分

它昼夜的阳光与星辉

将镀亮我沙砾般的余生

克拉玛依的月亮

克拉玛依七月里硕大的月亮

让我孤独，让我慌张

让我在劫难逃

她的皎洁与忧戚多像一道门

虽然虚掩着

却阻断了前生和后世

月光下，我时而缓行时而狂奔

朦胧的旷野中

我看见的是永夜的秘密和衰老与新生

还有那些粗粝地表上起伏着的欲望

那些在幽暗沟壑里隐忍着的疼痛

那些在伤口处倔强吟唱着的精美的疤痕

克拉玛依七月里硕大的月亮啊

你是否总是为光辉所累

我渺小如星辰，也愿分担一丝你的照耀

博斯腾湖的芦苇

博斯腾湖不止有开都河的深情补给

也是弯弯的孔雀河出发的地方

大片大片的芦苇在湖边疯长

把焉耆、和硕、库尔勒的梦境整合

当然，还有沙尘、冰雪、盐渍

燥热的风穿透了巴音郭楞的天山南麓

穿透了焉耆盆地八亿年前的震旦纪

更多的时候，博斯腾湖的芦苇

唤起在欧亚腹地生活的人们的爱意

他们在湖里捕鱼，在湖边植棉

他们搭建的蒙古大营里

总是有奶茶飘香

他们生儿育女，传宗接代

长相厮守，不离不弃

无惧大漠死亡之海的威胁

风吹过，漫天的芦花如巨大的披肩

把我这个外省人悄无声息地包裹起来

一朵格桑花

只因有了孔雀河边的一朵格桑花
偌大的巴音郭楞就不认为自己很寂寞

她的确微小，遇到风就战栗
但她纯白的颜色征服了一只只蜜蜂

我在十月造访巴音郭楞
风用刀刃上的光对巴音郭楞刮痧

她没有收拢起生动的笑容
她展开的花瓣让沙尘暴羞愧

不要以为格桑花是极普通的生命
她能满足你对巴音郭楞一切的想象

她不动声色隐忍着的光芒

是所有大漠上巴音郭楞人爱的源泉

阿克苏苍鹭

在阿克苏我遇见了一群苍鹭

它们飞过塔里木河

飞过阿克苏河、多浪河

在刀郎故乡的胡杨树下栖息

这是我一生中遇见的最好的鸟

它们让我想起历尽艰辛的新疆之旅

让我想起早已成为背影的青春芳华

我离开阿克苏后

大雪纷纷扬扬

它们也去了别的地方过冬

现在我已两鬓染霜

我依然记得它们的身姿和声音

它们翅膀上藏有丰富的信息

我最后一眼看见它们扑闪翅膀的时候

眼泪不争气地流了下来

库　车

克孜尔石窟、库木吐拉千佛洞
苏巴什古城、天山神秘大峡谷
王府、大龙池、龟兹乐舞
库车唱的是世上最深沉的古歌

她拥有新疆腹地的苍茫
她的桀骜不驯
她狂野面具背后的万种风情
让我疑是步入另一个星球

燥热的风蒸发了神秘故事的所有水分
砾石与沙浪蚕食着亘古的岁月
两瓶乌苏啤酒让我恍惚
今夜的喀什噶尔究竟怎样魅惑

我从浙中小镇跋涉到这里

身体沦陷于那塔都尔的琴声与手鼓

如此璀璨的西域明珠啊

看你一眼我就可以省略余生

巴克图口岸

在巴克图口岸附近
一棵白杨直刺天穹
它帅得如此孤寂
它用伟岸的美
赢得了国界线两侧阳光的
共同礼赞

不是每棵树
都能自由地将梦想举向空中
我已不能茁壮成长
在巴克图口岸
我看到了我被岁月遗忘的叶片
在风中翻滚的形象

哦，巴克图口岸的白杨
生长与凋敝，沉寂与喧嚣

都是天地的奏鸣、时光的馈赠

我领受命运的一切

我知道白杨树年轮里的故事

与人世间的模样一样

地窝铺机场

这是寒露节气的早晨
乌鲁木齐地窝铺机场的阳光
认出了我这久违的旧友

这一年，我在内地呼吸湿润的空气
这一年，我疯狂而寂寞地思念新疆
这一年，辽阔的西域成了我内心的波涛

此刻，我即将飞往河田
登机前我长望了远处的戈壁和天山
一口气删除了许多朋友圈的人

我的目光投向南疆
我愿意接受
那边烈日与风沙对我的洗礼

和田一日

弥漫的沙尘努力改变这片天空的真相
旷野中只有一个像我这种可以忽略的人

说起风就起风，说扬尘就扬尘
和田的天气与和田的原住民同样刚烈

我并不认为恐惧已经袭上我全身
我甚至油然感激这变幻难测的命运

这遮天蔽日的沙尘其实充满了灵性
它以飞扬的姿势拥抱了所有的生命

多像自由奔放的喀拉喀什河啊
塔克拉玛干沙漠成了她心中的圣地

如果可能，我愿终老于河田

这片土地上的人，心里都有自己的神

在和田的沙丘上

看高高的天
听呼呼的风
晒火辣辣的太阳
任夜晚的星光抚摸我的肩

喝烈性的酒
啃香气扑鼻的烤串
唱悠悠的老歌
想多年前遗憾的往事

在和田的沙丘上
我无法深入南疆的内心
南疆也难以评判我的行旅
但我们都听到了彼此的心跳

巴音郭楞的小姑娘

你想裁几片山岚几朵流云

缝在经幢的末梢

你剪去冬日的荒芜和初春的复苏

一双明眸盛满了纯真的向往

巴音郭楞大地上的小姑娘啊

千年万年都不算遥远

戈壁滩上的梦想

已被今夜的月光浸泡许久

风把马蹄声吹远

你期待的格桑花

就要在晨曦中悄悄绽放

种胡杨的维吾尔族老人

大漠深处有位维吾尔族老人
他把胡杨林写成家园

他一定是把自己与胡杨林放在一起
他与胡杨林仿佛同一个家族

狂风吹过，扬尘弥漫
胡杨林倔强执拗地挺立

他拍打着身上的沙土
目光却投向远处沙丘的起伏

他疼爱地拾起被风沙打落的叶片
如同拾起自己从碧绿渐变为褐色的岁月

大地之上

他从塔里木河提来一桶水
缓缓地浇灌起新植下的小胡杨

那是他种下的一种愿望
一种大漠深处从未屈服的命运

诉 说

塔克拉玛干之怀
我脚下是广袤了千万年的沙漠
它的沙砾金黄得让我想哭

起起我曾经的四海游历
我的青春我的朝气我的腰胯流剑
策马扬鞭蹄声催开十万朵沙枣花

现在，我坐在粗粝火辣的阳光下
眼睛巡游着此起彼伏的沙丘
它们仿佛在替我述说半生的悲欢

沉寂的旷野

黄昏在辽阔的戈壁缓缓地起伏
巨大的神秘不紧不慢地在戈壁扩展

落日徐徐泡入被流云裹住的沙丘
宇宙的纯金于苍茫间嘀嗒

亘古的静谧包抄而至
垂首啃草的羊群是苍穹下的点睛之笔

由远及近的风企图扯掉我的薄衫
扑翅而起的夜鸟不知飞向何方

刻骨铭心的记忆倏忽间爆闪
眼眶打转看泪珠，思念押韵着思念

在新疆，我如何穿过这浩远的篇幅

如何翻越戈壁大漠雪山去拥抱你

沉寂的旷野啊

游牧着时间的忧伤

遇　见

从克拉玛依去塔城

布克尔哈依英、阔斯阿尕什、多拉台

许多好听的村庄向我绽放微笑

我看见短穗柽柳、芨芨草、骆驼刺、梭梭

一路上尽情展示旺盛的生命力

细叶鸢尾、鼠毛菊、沙拐枣、独尾草

那些稀少的耐旱植物

在大戈壁里自由摇曳

它们代表了西域的一种精神

让灵魂缺钙者心生愧意

默 视

无法形容的燥热
漠野寂静的外表正凝冻盐碱
缄默之下
丝路花雨伴和着大风起兮

我静静注目着漠野的一切
透明的风、低矮的芨芨草
似有似无的羚羊
羚羊似有似无的低吼

然后是流云飞逝
被烈焰扫描过的蜃景不复存在
风沙一阵紧似一阵
仿佛执意磨损远行者的理想

时光覆盖着时光，一个人的漠野

在另一个人的视线中绽放

多像一些美好的事物无须留痕

我的行囊盛满了大地山川

第四辑

草木之心

Chapter

04

大地之上
DADI
ZHI
SHANG

新绿正渡向心口

再微小的梦想

也有淡淡的芬芳

时间不会忽略

大地山川都能闻得见

新绿正渡向心口

和煦的风开始许诺

计划着开花的种子

也从生活的背面走向光

看穿了流逝的光阴后

我们对明天有了温柔而坚定的表达

身处祖国平易宽厚的怀抱

有什么理由不从春天出发

探寻春天

河流愈发的清瘦

落木萧萧，万物似乎止于风吹

草丛中已难辨认苜蓿的故国家园

迎面的深冬如一堆忧伤

落在足印罕至的沙滩

无人为之赞美

寥落的夜色

装饰着朦胧的江山

星光消隐，浓浓的雪意组团出发

但我惊见了一些枝条

以一种韧性在寒夜里探寻春天

它们暗中悄然形成的花苞

如同终将揭晓的迷局

只要遇到一缕春风

就会颤栗着熊熊燃烧

四月里

四月春色已深，熟悉的温柔重现
好久不见的，却是年近九旬的母亲

如果再不踏青，许多花就会变成果子
如果母亲再没见到我，眼窝会再凹一圈

对于四月的美好，我从不吝啬描绘
我出生在四月，就为了赶赴万物生机

时光总在下滑，黎明总在托举残夜
母亲一直喜欢风吹稻浪，我一直远走他乡

昨天是我的生日，谁相信我辗转难眠
一些去年的桂花坠落，在地上依旧惊艳

四月里我仍在奔跑，我必须奔跑

爱、随和、友善，我想问母亲这是否足够

她　们

桃花、李花、梨花、杏花开了

樱花、蔷薇、玫瑰、栀子花也都开了

她们是真正的勠力同心

她们无拘无束的热烈畅谈

成就了我期待已久的春天

其实我已注目了她们多年

她们每年开花的样子都是那么灿烂

她们在阳光下没心没肺般的笑声

让最后一阵寒风落荒而逃

让许多人陆续清零了冬天的记忆

这么多年了，她们心无旁骛

这么多年了，她们从未改变

改变了的是我

因为不敢绽放自己的花朵

只好用枯枝败叶来遮蔽余生

润　泽

细嫩的叶芽

在水中旋舞翻腾

碧绿的精灵

唤醒明丽的春天

我的祖国和人民

总是这般充满了

生机勃勃的草木气息

从容不迫的幽香

芬芳了一个个日子

一杯热茶

润泽了万里江山

这清澈的茶

映照了多少过往

让我们的眸子

更加眺望远方

大地之上

绽　放

这不起眼的一汪清泉

竟养育出令人惊叹的生命

她那兀自挺立的嫩苗

多像我曾经羞涩而又热烈的青春

月光无声的铺展开来

她除了绽放

已没有更多的选择

一树樱桃

一树樱桃，招人喜爱
但它并不能掌控自己的命运
它们离开了枝条
一切就托付给了风雨

樱桃若是长在寂静的山谷里
要么从树上坠地
要么被人采摘或被鸟儿啄食
要么被烂在泥土里

这一树樱桃与众不同
它伫立于庭院，主人是一位诗人
它尽情地在风中摇曳
它每天都与主人唱和

4 月 26 日黄昏的雨水意味深长

就像庭院里的一树樱桃

这世上的事千奇百怪

谁能预测雨夜里将会发生什么

折耳根

在不起眼的地方
以不起眼的方式恣肆生长

它随风摇曳，那么的自由
叶片展平后的心形，那么美

烈日下茎叶茂盛得令人震撼
细雨中根须在泥土里浅吟低唱

即便那丝丝腥味也别具个性
它脆脆的根节勇敢挑战疮疡肿毒

我喜欢它清静中无拘无束的样子
感受到它对蜗居城镇的我的怜意

我怎么可能把时光紧握于手心啊

怎不渴望如它一般十二时辰被快乐漫卷

野草莓

从来不以一望无际的场景出现
从来没有大面积征服世人眼球的欲望

在最不起眼的地方自由呼吸
自由生长、开花、结果以及自由的爱

甚至自由地接受悲观主义的训练
在潮湿与泥泞中绽放自己的美学理想

不理会那些传言、暗示、引领和诱惑
她安静打理时光的样子动人心魄

而世界的喧嚣、不安却日甚一日
她只用一朵殷红就托举起幸福的笑靥

粽叶说

我们从未想过
要以自己的身体
去包裹糯米花生红枣
我们从未想过
把豆沙火腿蛋黄团结起来后
会丰富了这个世界什么

我们在山林中的岁月是青葱的
我们被人采摘并以粽子之名
与端午的热词一起致敬节气
我们长着长着就不属于自己
我们在沸腾的水中成就丰满的形状
一缕红线仿佛缠紧了世间的隐秘

我们不清楚为什么要这样活着

我们用绿色的眼睛打量世界

看到许多事情并非都明白无误

从糯米花生红枣豆沙火腿蛋黄的香气中

我们汲取爱与温暖

感受涅槃的欣喜

离　开

今日立夏，万物繁茂
万物至此时皆长大

写到立夏，就想到渐行渐远的春天
春天正不动声色地离开

写到离开，就想到人世间发生的邂逅
美丽而伤感的故事往往来不及收尾

写到收尾，就想到饱满的油菜籽
那金黄的油菜花海悠忽成了记忆

写到记忆，我就默不作声
山河秩序重排，许多灵魂在暗夜里狂奔

命　运

我是一枚成熟的果子

我挂在枝条上

斑驳的阳光穿过我所在的树身

有的树叶沾满金属般的光辉

有的树叶的叶脉

爬满了渴求和呼唤

风吹过，叶子们纷纷发出声响

从远处来到树下的人们

喜欢闻我们清新的气息

似乎也很在意我成熟的形状

我知道他们将对我挑挑拣拣

这或许是我必须接受的命运

可我对命运几乎毫无认知

我甚至不能像树叶那样

随风歌唱

祈　愿

阳光往大地一涂抹
春天就出来了
知名与未名的花
在任何允许的地方使劲地绽开

粉红的针对着赤红
鹅黄的针对着深黄
她们浅吟低唱或者放肆爆笑
只因告别了压抑许久的一个寒冬

花朵们的狂喜来自一个冬天的结束
她们不会洞悉历尽沧桑者的心情
这人世间的风风雨雨经历太多
我只祈愿有一片花瓣能贴于胸口

就　像

秋日里离开的叶片

春天还会回来

硕果压弯枝条的期盼

我从未放弃

这样的等待多么舒欣愉悦

就像大海等待山泉的奔流

就像港湾等待黄昏里的归帆

就像曾经被耽搁的旧时光

被谁的素手拾起后

又遗忘成断章

玉米地

他热衷于观察玉米的根系

热衷于聆听玉米抽穗开花的声音

他甚至想收揽所有的蕙风和细雨

用于耕种荒芜的土地

绿化那些迷惘的心灵

时光也会犯困

那些微小的叶片

那些微小的花瓣

那些微小的叶片和花瓣上面

承载着的薄霜令人震撼

我知道它们内心里

都有宏大的叙事愿望

但在风中它们只能碎片化地表达

一如我这些年怀揣了太多的梦想前行

走着走着就拱手交出了一切

时光也会犯困

曙色与夕晖都是恩赐

最美的都以微小的方式呈现

来时不动声色

去后不易察觉

风裹走了所有秘密

这个夜晚注定不能入睡

星光洒满一地

岁月在我指尖上游走

芦苇的呼吸声忽轻忽重

让我想到河畔的鹅卵石

被水濡湿了的心事

这个夜晚注定不能入睡

那些旷世的黄卷不忍卒读

青灯不能挑起

甚至连风都是无力的

蟋蟀三两声的鸣叫提醒了我

如果只跟自己对话

怎么可能拥有大海的万顷波涛

稻熟了

只在一瞬间
稻子就熟了

它盈满而坠弯的身体
说明了真相

蓄积所有的力量
隐忍成长的疼痛

以发芽的姿态开局
又以饱满的姿态回归

连芳香都要伴着泥土的气息
淳朴之美唯星月可知

它平和而且温润

多像我年迈的母亲

镰　刀

那把墙角的镰刀
在稻熟前夕发出了温暖的光芒

是的，不是寒意嗖嗖的光
它为即将到来的日子沉默了一个季节

犬吠阵阵，稻浪起伏
镰刀听到了田野的呼唤

我怎能不激动
汹涌的汗味和乡音就要扑面而来

一部成色十足的农业史
在镰刀与稻子的狂欢中诞生

那一年

那一年，我青春年少
只是望了一眼辽阔的红土地
就填报并就读了农学专业

那一年，夏夜星星点灯
我们趴在田垄上
静心倾听禾苗生长的声音

那一年，我们的皮肤黑里透红
毕业散伙时大家的眼圈噙满泪水
手里不约而同握着一株稻穗

如今，我们都已被命运的风吹散
岁月如那一年我们插下的秧苗那么长
刚好够我把沾满泥土味的怀念写完

第五辑

午夜家园

Chapter
05

大地之上
DADI
ZHI
SHANG

秋夜的星空下

听月亮的声音

身旁必须有翠绿的芭蕉

让宽阔的叶片印证诚心

听大海的声音

身旁必须有浅墨的礁石

它斑驳的肌肤起伏着沧桑

听故土的声音

身旁必须有棉质的方巾

柔软地吸纳游子的泪花

听秋天的声音

身旁必须有一缕丝绦

轻轻系紧红叶的喧哗

风吹麦浪，雁鸣由远而近

秋夜的星空下

请善待我笨拙又慌乱的情歌

夜空之眼

落日浸染芦苇

风摇动了一湖碎金

五彩梦就此生成

如一扇闭合已久的门

被一双素手打开

这一面湖水的微澜

明丽了夜空之眼

那些孤悬的记忆

似珍珠在倏忽间串联

丰盈起往后的日子

冬夜来电

遥远的问候

仿佛来自另一个星球

看不见怎样的表情

却能想象眸子里的光辉

秋去冬来

门环的铁锈被时光拭净

落叶寻觅到了隐身之处

如隐喻般的灯火明明灭灭

风一阵阵吹过

许多景象开始裸露

许多事物亟待修缮

有序的四季呼唤日月的庇护

落地即化的春雪

春雪诗意飘洒
与冷风一起以最体面的方式
为寒冬送行

河水的涟漪露出久违的微笑
窃喜的油菜花尽情摇曳
落地即化的雪悄然隐身

哦，这圣洁的春雪
一定是看到了深潜于大地深处的
明亮与忧伤

鸽哨与星辰的语录划过天空

风是带着寒意的
但它用干净的唇
吻着天空、大地、河流
吻着树梢、花苞和草尖
鸽子警觉地捕捉异样的声响
它希望翅膀扑闪起的地方
没有恐惧和忧伤

这是我生活的地方
柳条开始婀娜
油菜花排山倒海般地金黄
车流有序
红绿灯昭示停止或前进的方向
这都是我需要的
还有纯净的空气、温暖的路灯

少女们的歌声宛如天籁之音

穿透光辉而繁盛的人间

可是鸽子的翅膀越来越沉重

鸽哨与星辰的语录划过日渐消瘦的天空

所以，让我们保护好双眸

蓄积起更多的力量

注视并追寻深沉的梦境

携带尘世的爱和乡愁

与俘虏我们的春天一起抵达天堂

琴声响在雨中

琴声响在雨中
雨中不见弹琴的人

找不到那双素手
看不见弹琴者的芳颜

琴声响在雨中
芭蕉叶面对青山念经

我不是来寻找余生的栖息之地
我只是一个人到中年的砍柴人

琴声响在雨中
雨水泡涨了谁的相思

许多梦想都会失重

我不愿下山后的柴担比琴声更轻

漫长的雨季

许多怀念许多期冀
都汇成了水
流入远方的海

谁遗忘谁
哪颗心牵挂另一颗心
只有雨知道这湿漉漉的秘密
而秘密原本穿的是干爽的外衣

刷刷的雨声隔世
积雨云听不见隐匿的抽泣
当翘望的身子凝固成悬崖
远方的海就会发出颤音

梅 雨

芒种之后是夏至

夏至之后是小暑

日历年复一年地向我提示

固执得就像这不消停的梅雨

我没有任何的准备

对于今年的夏天甚至冬天

从未有过精心的构想

只在乎叶子如何承载秋意

季节是海，时序是山

大地苍茫，天穹高悬

连绵的梅雨天笼罩着乡愁

我似乎渐已读懂它潮湿的密码

我该给正在结果的树写信
你在生长，就是这世间的千好万好
要相信春天时离去的燕子
会记挂着泥地上青草的凌乱

透明的雨水一阵接着一阵
它明亮的敞开心里的光束
朝花夕拾，荒凉就此别过
雨疏风轻，或许亲人的音讯将至

小村记事

暖湿的日子一天天多了起来
晨光镀满每一幢房舍的屋顶
时间在村头的香樟树下游走

池塘边的菖蒲依旧貌似枯败
不远处的油菜花却没心没肺地闹腾
明亮的事物在村里怎能隐藏

春风吹了好几阵子了
耕牛走向长满紫云英的田野深处
就连红薯也开始做发芽的梦

这个古老的村庄正在返青
它对所有生长的诉求都有欢喜的回应
它从容地重叠着万物的消逝和萌生

时光安寂中孕育着演变

一声婴儿的啼哭惊落了草尖的露珠

有一个村姑在老地方等待新来的人

烟　火

有时烈焰熊熊，有时明明灭灭
她的燃烧或余烬都关联着温度

彤红的杜鹃，饱满得要炸裂的石榴
也是她的模样

苍穹下烽燧的青烟
是她传递给江山的丰富信息

你甚至不能忽视她有时候的微弱
那时的她也许正蓄积洪荒般的力量

她漫天飞舞，她袅袅轻飏
她以令人震颤的方式歌唱

天地多么辽阔，生活如此绚烂
她却钟情于揭穿人间的谎言

在生存与死亡的命题下
她耐心地目击时间的坍塌

这就是我在潮湿的雨季里
想起她便热泪盈眶的原因

我怎能不赞美她
永恒与瞬间中闪耀的神秘生命

7 月 30 日田野中的闻见

今天这个日子没什么特别

但田野上充满了好闻的香味

它们来自熟透的稻子玉米瓜果和蔬菜

时光深处有很多这种味道

我亲爱的祖国到处都有这种味道

根须深扎进泥土

枝叶亲抚白云蓝天

馥郁浓烈的香味此起彼伏

敞开心扉氤氲于激情中的人民

幸福得就像马齿苋在田野歌唱

多么美好的时辰啊

祖国，你是如此平易朴实

无论是雨丝风片还是彩霞星光

只要是你给予的，我便知道

那就是慈母般的爱，汨汨流淌

七夕之问

闪电制造的撕裂
不是天空的模样

竹篮滴漏的水珠
不是溪流的模样

朝露静卧于荷叶
不是菡萏的模样

牵牛星与织女星相交
不是银河的模样

喜鹊们用身体搭成桥梁
月光所照之处都是相爱者的模样

可是，深爱的事物怎样保存

最美的时辰如何不被岁月遗忘

如果不能在七夕与你相见

漫漫余生谁来跟我浅吟低唱

如　果

如果珠帘倒卷时光，海子

你还在德令哈品读姐姐的笑靥

如果我们在一个黄昏里邂逅

杯中酒倒影的将是你胡须里隐藏的秘境

如果只有孤灯一盏

你会不会拍拍我的肩膀

告诉我你又一次打马过草原

又一次用格桑花装饰了冷尘寰

今夜就请东阳六石镇太学堂的飞檐

与我们一起眺望 33 年前你的诗魂

我们一边诵读着你的诗篇

一边替你深耕 33 年后的春天

夜访小学校园

深夜走进儿时的小学校园

微风不动声色地跟随

教学楼明显陈旧

木阶梯咯吱的声音惊落了一地月光

几十年前的书声远去

几十张童真的脸不再灿如百灵

那棵巨大的榕树还在

默默地诉说着岁月的流逝

当年你舍不得扔弃的那些粉笔头

如今它们安身于何处

记忆中你秀美的脸庞

再也不会在讲台上闪耀

这世间能让我刻骨铭心的人不多

老师，你是我一生中永不删除的绝美诗篇

在小屋

窗棂推开，夜风如绸

远处市声偶有起伏

呈现真实的人间

雨霁的月光有些潮湿

弯曲的溪水安抚沿岸的草丛

灌木林沉醉于静谧的时光

在小屋，你必须珍惜窗外的景象

它们的繁复或简洁

都如流水一样激越千年

在小屋，你该忘却

用尽全身力气拥抱温暖的词语

想到心底的爱就热泪盈眶

在小屋，心怀人世的复杂

凝眸夜空流云

从浮世之美中提炼出明亮

哭隆平院士

你集合起泥土的芬芳

让大地的呼吸

变得日益生动起来

你只用了一粒小小的稻米

就让很多人的灵魂

都失去了重量

2021 年 5 月 22 日写于桂林两江机场

清明念亲

午夜推窗

凝视远处三三两两的灯火

看流星在夜之深处蹁跹

月华如水，清风柔似指尖

那些刻骨铭心的记忆

于寂静中繁花般盛开

快三十年了，父亲

你坟前的草黄了又绿

你喑哑的歌被地气催发

世事变幻，众声喧哗

你不动声色的激励我

从容抵抗命运的追杀

老退休女工纪事

她是个年已九旬的老母亲

她已退休了四十年

每次跟她聊天

她都会说起从前她那国营工厂里的事情

她常常念叨着那个叫"车木老陈"的家事

念叨着那个叫吴玉英的女儿的婚嫁

那个谁谁谁已经走了很多年

那个谁谁谁去了敬老院

那个谁谁谁摔了一跤至今坐在轮椅上

她总是说自己命好自己最有福气

上个月退休金又加了一百三十二块五毛

她总是以同情的口吻说那个罗木林

那个罗木林现在就是王小二过年

一年真的不如一年

而当年的罗木林是如何瞧不起她家

她还常常感叹隔壁的隔壁

那人家里出了一件又一件不好的事情

隔壁的隔壁的女人动不动伤心哭泣

她也不时地陪着抹眼泪

好像把人家的悲欢也经历了一遍又一遍

我要拾起那些掉落的花瓣

你爱唱歌，你的歌声

点燃了六十多个夏日里的玫瑰

这六十个多个夏日里的日月星辰

被你排列组合成了一个个梦想

它们与少女之恋、中年重负、暮年感怀

与蓝天白云、生儿育女、柴米油盐

一起书写成厚实的人生

如今你依然爱唱歌

你唱着唱着

玫瑰的花瓣在歌声中轻轻地掉落

姐姐！明月在上，众生悬浮于世

我要拾起那些轻轻掉落的花瓣

放在你温热而日渐瘦削的手上

雕塑者说

我的手

一生都在捏泥土

水是我的手的知音

雕刀对我的手语

进行生动的演绎

我的作品

既有栩栩如生的形象

也有抽象魔幻的表达

如果你从中解读出了灵魂

那些原本质朴的泥土

将会露出神秘的微笑

致一位木雕大师

你用一组奇妙的工具

在木头上与森林、大地、河流、天空

与所有的生命秘密交流

你复活并激扬起太丰盛的生灵

聚合起无限的欢乐、诗性、怡然、幸福

呈现了无涯的思索、隐忍和迷惘

你以豁达的大爱

在木头的肌理间

用雕刀派生出吉祥、善良和美

那些过往的岁月、远逝的悲欢

那些将要抵达的未来时光

被你的作品稳稳地举起

宛如一座座木质的珠峰

今夜你的声音

夕阳西下时
你的一声请下楼做核酸
让玫瑰星城小区业主们如沐春风
他们不知道你喉咙早已肿痛难受
你亲切甜美的提醒
犹如一只美丽的杜鹃，声声带血
呼唤迷乱疫情下打翻的调色盘
重现唯美的人间烟火

请下楼做核酸
你的声音从小区传到迎宾大道
横店八面山顶上的晚霞也听见
我笃信这是最让人沉迷的雅韵
今夜玫瑰星城小区的每一扇窗子
都因你的声音而透出温暖的光亮

仲　夏

在 40 多度的高温里

秋天悄然地开始了构思

草籽、果核的归宿已有去向

只等一场充满凉意的风

而眼下的浓绿终被浸润成金黄

蝉的歌唱亦将转换成雁鸣

骄阳如此明亮，照彻闲游的浮尘

不可言说的秘密藏匿在蹁跹的晚霞

想把这仲夏拆成两半

一半是炙热的火焰，一半是薄凉的月华

想给来路上的秋天赋予两个命题

一个是人间的烟火，一个是梦里的江山

愧 疚

蔓 州

龟裂的土地上

牛在喘息

树在喘息

草在喘息

太多的生命

都对激情澎湃的瓢泼大雨

望眼欲穿

而我对自己的不满已达极度

我真的一无是处

在滚烫的风中

除了只能苦等想象中的雨水

竟无法带给那些喘息中的

牛、树和草们

一丝丝的湿润

不得不佩服

不得不佩服

手指用鲜血

指认出了那朵带刺的玫瑰

不得不佩服

赤脚用疼痛

撕去了碎玻璃的面具

不得不佩服

灰烬用余温

讲述了甲骨文般悠远的悲喜

不得不佩服

青纱帐用微风

揭示了所有成长的秘密

不得不佩服

当诗人沉醉在自造的病句里时

隆起的高原露出了意味深长的微笑

北京冬奥会礼赞

这里是东方古国的首都

白色的火焰从奥林匹亚群山

一直跳跃至中国的万里长城

跳跃至冰丝带般蜿蜒起伏的燕山

在梦幻般的童话世界里

冰雪健儿们以各种迷人的姿势

跳跃、飞翔、蹓滑、腾挪、冲顶

或者干脆以击打的方式

编织出令我们穷尽了想象

也无法创作出的美丽

雪橇、冰球、冰壶、冰刀、钢驾雪车

它们被肤色各异的健硕身休调动起来

构成了冲破禁锢的奇迹

而冰场内外的澎湃之音

与无数朵六角形的雪花一起

完成了 2022 北京早春壮丽的起航

多么神奇的二月啊

那些激烈的对抗动作

演绎的却是和平鸽衔着橄榄枝翱翔

冰雪五环连结起的丰盛故事

让世界的心扉怦然跳动

所有的疾速追赶所有的技巧呈现

所有的精准搏击所有的巅峰对决

都绽放出人类心底的温情

而那抹令我们热泪盈眶的中国红

更是点燃了和平、友谊、善良和感动

2022，北京

这纯美如诗的冰雪盛会啊

让我们的爱绵绵万里、生生不息

后 记

继《风尘旅人》《苍穹之下》之后，《大地之上》是我出版的第三部诗集。它是我诗歌写作道路上的一个驿站，不会成为终点。它将与驿路上的草木一样，静静接受来往旅人打量的目光。

我的业余时间，都用于篮球运动和阅读写作，它们给了我恒久的欢乐，为我的生活赋能。诗歌写作让我获得了拥抱生活的底气和前行的力量。我也看到了诗歌正以一种前所未有的姿态，流进我们日常生活的方方面面，既美化我们的人生，又洗涤着我们的心灵。

浓情感谢始终支持我诗歌写作的家人，感谢全国各地报刊编辑对我的作品的厚爱，感谢牺牲休息时间协助我整理诗稿的同事慧央，感谢为了把这部诗集打磨得尽善尽美的书香力扬的小语，感谢中国书籍出版社对这部诗集的倾力支持。

我还要特别感谢东阳新诗盟的各位诗友。这是一个有爱、有趣的群体。我们一路上修篱种菊，感悟生活，成就彼此，温暖他人。

　　昨日处暑，金色的秋天由远而近，让我们相信诗歌的力量，相信会有更多的美好正在集结待发。

曾毓琳

2022 年 8 月 24 日